AF385151

LES

Lacédémoniennes,

DÉDIÉES AUX ÉLÈVES

DE L'ÉCOLE POLYTECHNIQUE,

Par Auguste Bonjour.

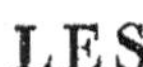

> Prétant des sons plus fiers à l'Élégie en larmes,
> Nobles Athéniens, il vous rappelle aux armes.
> MILLEVOIE, *Stésichore.*

I. La bataille de Paris. — *II. Le tombeau de Rhigas.* — *III. Le massacre
des Prêtres grecs à Constantinople.*

PARIS,

PEYTIEUX, PASSAGE DELORME, Nᵒˢ 11 ET 13;
PONTHIEU, PALAIS-ROYAL, GALERIE DE BOIS;
UDRON, QUAI MALAQUAIS, Nᵒ 13.

1825.

Les Lacédémoniennes.

PRIX : 2 FR. 50 CENT.

LES
Lacédémoniennes,

DEDIEES AUX ELEVES

DE L'ÉCOLE POLYTECHNIQUE,

Par Auguste Bonjour.

Pretant des sons plus fiers à l Elegie en larmes,
Nobles Atheniens, il vous rappelle aux armes
MILLEVOIE, *Stesichore*

*I La bataille de Paris — II Le tombeau de Rhigas — III Le massacre
des Prêtres grecs a Constantinople.*

PARIS,

PEYTIEUX, PASSAGE DELORME, Nos 11 ET 13,
PONTHIEU, PALAIS-ROYAL, GALERIE DE BOIS,
UDRON, QUAI MALAQUAIS, N° 13

1825

A MESSIEURS LES ELEVES

DE

L'ÉCOLE POLYTECHNIQUE.

AMIS DES ARMES ET DE L'ÉTUDE,

Étonne de n'entendre jusqu'à présent aucune voix s'élever pour les éloges que vos braves devanciers ont si bien mérités à la bataille de Paris; et que, parmi tant de lyres illustres, aucune ne se soit emparée du sujet le plus national peutêtre qui puisse s'offrir à la plume d'un Français; sans croire que cet honneur fût réservé à ma muse, j'ai essayé de retracer à vos yeux, sous le titre de *Lacédémoniennes*, les exploits de ces jeunes guerriers dont le front n'a point pâli au premier aspect d'une armée rangée en bataille;

qui, dans un premier combat, se sont attiré, par leur bravoure, l'admiration et les louanges de nos vieux soldats eux-mêmes, et que Lacédémone enfin eût enviés pour ses fils.

J'y ai joint le récit des efforts glorieux de cette malheureuse Grèce, qui, dans son isolement, attire sur elle les regards de l'Europe immobile. N'est-ce pas être sûr de vous plaire que de vous parler d'une nation à qui nous devons les plus illustres monumens des arts et du génie militaire ?

Permettez, Jeunes Gens, que je vous offre l'hommage, non du talent, mais des sentimens élevés que j'eus toujours pour vos aînés, sur les traces de qui vous serez tous fiers de marcher à la voix d'un Souverain ami des Guerriers et des Arts.

Agréez, Messieurs, mon estime bien sincère.

Votre affectueux Compatriote,

Auguste BONJOUR.

LACÉDÉMONE ET MESSÈNE.

Tantas audetis tollere moles *
Virgil Æneid lib 1

Pendant quatre siecles entiers les deux plus florissantes provinces de la Grece, la Laconie et la Messenie eurent a soutenir
entre elles les guerres les plus desastreuses Les Messeniens, peuple
d'un naturel aussi doux que le nom de leur patrie, amis de la
paix, entretenus sur les bords fortunes du Pamisus dans les delices
de l'abondance, ne purent, pendant long temps, accoutumer leurs
corps au poids des armes et a la discipline militaire Ils laissaient
ravager leurs campagnes par les Lacedemoniens, et leur faible
resistance enflammait de jour en jour l'audace de leurs ennemis
mais l'agitation des camps, les privations, les veilles, la necessite
toujours renaissante de se mesurer avec un peuple belliqueux,
leur apprirent enfin a defendre leurs terres, et a faire eux-mêmes
des incursions dans la Laconie

Les robustes Lacedemoniens, endurcis aux travaux les plus
penibles, exerces pendant la paix aux fatigues d'une vie guerriere,
enseignes par des lois severes auxquelles l'austerite de leurs mœurs
se conformait sans murmurer, etrangers aux arts de luxe dont
la mollesse voluptueuse eût enerve leur courage et affaibli leur
vigueur, les Lacedemoniens, types inalterables des guerriers,
eurent tout l'avantage, par leur nombre et leurs talens militaires,
sur un peuple noble, genereux et magnanime, mais qui n'avait
souvent a leur opposer que l'exces de bravoure de ses nouvelles
milices Les malheureux Messeniens, vaincus, charges de fers,
bannis de la Grèce, languirent loin des ruines de leur patrie,
jusqu'au temps ou Epaminondas, general thebain, les rappela de
l'exil, et brisa leurs chaînes

Comon chanta les malheurs de la Messenie, en trois elegies

pleines d'une sensibilité profonde, et d'une attendrissante melan-
colie

Tyrthée transporta les fiers Lacédemoniens par ses chants en-
flammes, et qui respiraient le mépris des dangers et de la mort.
Par la promesse des honneurs immortels, réservés a la memoire
des héros, il entretint le courage des bataillons spartiates, et re-
poussa souvent l'effort des phalanges messeniennes

Un jeune poete, l'orgueil de notre siecle, ingenieux rival et
souvent vainqueur de Comon, nous a fait entendre, sur le mode
messenien, l'eloquente harmonie de sa lyre nationale; mais helas !
fatal rapprochement ! dangereux ecueil aux pieds duquel me con-
duit mon sujet, trop seduisant pour ne point l'aborder, trop grand
pour ne point rester au-dessous de lui ! Ma lyre timide va, je le
crains, faire mentir, a la face de Messene, l'antique fermete de
Lacedemone Quel Dieu lancera le feu sacre dans mes veines ? Le
genie de Lacedemone, jaloux de soutenir sa gloire, inspirera-t-il
a ma muse sa brûlante energie ? Qu'ai-je de commun avec Tyrthee ?
que l'amour de ma patrie, avec l'illustre auteur des *Messeniennes* ?
que le desir de la celebrer. En faut-il davantage, non pour reussir,
mais pour plaire a cette patrie qui compte tous les efforts de ses
enfans ? Ah ! que ne puis-je, après la lecture du poete que j'admire, m'ecrier avec raison, comme ce peintre inspire *Et moi aussi
je suis poete !* Essayons, toutefois de traiter, sur le mode lacede-
monien, un sujet echappe a tant de plumes savantes Le tenter est
noble, une defaite même ne sera point depourvue de gloire

Le rôle qui me reste est encore assez beau !

Première Lacédémonienne.

Première Lacédémonienne.

LA BATAILLE DE PARIS,

ou

LE 31 MARS.

> O terque quaterque beati
> Queis ante ora patrum Trojæ sub mœnibus altis,
> Contigit oppetere
>
> VIRGIL. *Æneid.* lib. 1.

Les derniers coups du bronze expirent sur nos murs,

    L'air embrasé mugit encore ;

Des foudres dont l'éclair a devancé l'aurore,

La fumée au loin roule en tourbillons obscurs,

Et d'un reflet sanglant l'horizon se colore.

Un seul jour a brisé nos efforts superflus !

(4)

Déployant dans les cieux leurs ailes redoutables,

Sur nos phalanges indomptables

Les aigles ne planeront plus!

Notre regne est passé! sous l'orgueil de quels princes

Faudra-t-il fléchir les genoux ?

Quel peuple de son nom flétrira nos provinces ?

Demain que serons-nous?

France, du ciel vengé la colere est éteinte;

Un Français, un Bourbon sera ton souverain.

Il tombe ce heros qui, d'un glaive d'airain,

Creusa de tes malheurs l'ineffaçable empreinte,

Et croyait à ses pieds enchaîner le destin.

O de l'ambition aveuglement terrible !

Des conquérans altiers déplorables fureurs !

Aux maux de leurs sujets leur âme est insensible,

Leur cœur, entretenu du cri de nos douleurs,

S'endort comme bercé d'un murmure paisible

Sur des fleuves de sang et des ruisseaux de pleurs.

Quel effroi dans nos murs ! quelle sombre détresse !

Les mondes fatigués vont-ils s'anéantir ?

Ces frivoles esprits des enfans de Lutece ,

Quel présage de mort peut les appesantir ?

Des clairons la voix menaçante,

Les longs roulemens des tambours,

D'un tonnerre éloigné les mugissemens sourds ,

Des sanglots, des cris d'épouvante !

Ou courent ces guerriers d'un pas impétueux ?

Leurs coursiers traînant apres eux

Ces foudres que précede une torche fumante ,

Et ces globes d'airain entassés dans des chars ?

Des citoyens que leur défense anime ,

Des villageois armés de dards,

Vers ces lieux où Henri défiait les hasards

Leur foule que transporte un courroux unanime,

Vole a la mort sous nos remparts.

Des femmes, ô douleur! pâles, echevelées,

Leurs enfans criant dans leurs bras,

Les vieillards dont la peur aiguillonne les pas,

Des dépouilles amoncelées,

Des troupeaux mugissant dans les rangs des soldats ;

Tel qu'un fleuve elancé du sommet des montagnes,

Leurs flots tumultueux regorgent des campagnes.

Du fracas des combats au loin l'air a frémi :

Voyez de villageois ces bandes dispersées,

        Voyez ces lances abaissées;

        Aux armes ! voilà l'ennemi !

Rassemblez-vous, soldats, volez a sa rencontre;

Passans, prenez ce fer, marchez, suivez nos rangs,

Punissez ce vainqueur du courage qu'il montre

        Devant des vieillards impuissans.

Attaquez... Plus légers que les chasseurs numides

        Que poursuit un lion,

Ils s'esquivent déjà, ces héros intrépides,

        A l'aspect d'un seul bataillon.

Quels sont ces vils soldats detachés vers nos portes,

Et dont nos cimiers seuls ont fait fuir les cohortes ?

De ces brigands fameux les lâches descendans,

        Qui de l'antique Germanie

Vomis par les frimas, sur nos chemins errans,

Emmenerent chargés des dépouilles des Francs

Les coursiers de l'Occitanie.

Français , n'épuisez point votre noble courroux

Sur un lâche ennemi qu'on renverse sans gloire ;

Il ne peut triompher ni céder la victoire :

De tels rivaux sont indignes de vous.

Des foudres sur ces monts courez braver l'orage ;

Défendez ces coteaux qu'avaient plantés vos mains ;

Guerriers contre guerriers, c'est la qu'est le carnage ,

Voila le tombeau des Germains !

O valeur ! ô bravoure aux cœurs français innées !

Les nourrissons de Mars [1], par de vaillans efforts ,

D'un printemps belliqueux illustrant les annécs ,

De nos vieux guerriers même excitent les transports.

Des bataillons entiers devant eux disparaissent ;

Ministres du tonnerre ils en pressent les coups

Sur les corps des soldats d'autres soldats renaissent ;

Le même bronze éclate , ils sont foudroyes tous !

Fils de Poniatouski , recevez nos louanges ,

[1] Les clèves de l'école Polytechnique, qui, dans cette premicrc
iffaire, ont déploye un courage hcroique

Dignes , hélas! d'un sort plus beau ,

Détruisez avec nous d'implacables phalanges ,

Votre refuge est le tombeau.

Au dôme étincelant de cet auguste asile ,

Palais majestueux des débris de nos camps ,

Le démon des combats suspend son vol agile ,

Transporte ces vieillards aux magiques accens

Des tambours , des canons , près d'eux retentissans ,

Et rajeunit leur veine en grands exploits fertile.

« Du fer¹ ont-ils crié, du fer¹... et nous partons ;

« Un bras nous reste encore, il est pour la patrie ;

« Pour nous vont refleurir les palmes d'Illyrie,

« Et la foudre du nord frappant encor nos fronts ,

« Reconnaîtra sur eux ses antiques sillons. »

Sur leurs dos chargés d'ans un lourd mousquet chancele,

Ce mousquet autrefois si terrible en leurs mains.

Vieillards , qu'attendez-vous de ce glaive infidele?

Quelle ardeur vous emporte à des coups trop certains?

L'amour de nos soldats , qu'enflamme tant de zele,

D'un rempart protecteur couvre leurs cheveux blancs :

« Enfans, vous outragez notre gloire immortelle ;

« Laissez nous, ont-ils dit, périr aux premiers rangs !

Citoyens, qu'en son deuil arme aujourd'hui la France,

De tant de grands exploits serez-vous froids témoins ?

Prenez de nos héros la ferme contenance ,

Ces camps sont vos foyers, vos trésors cette lance ;

Combattez, sur vos fils Dieu répandra ses soins :

Dieu ne veille-t-il pas sur l'orphelin des braves ?

Combattez et mourez plutôt que d'être esclaves.

    D'où partent ces gémissemens ?

Jetez un seul regard vers la mère patrie :

Voyez-vous sur le front de ses hauts monumens

Ce peuple infortuné dont l'angoisse vous crie :

« Sauvez-nous, a la tombe arrachez vos enfans. »

Ces sanglots sur vos cœurs sont-ils assez puissans ?

    L'encens du malheur fume au temple ;

La prière, à genoux, prépare vos succes ;

    La France au cercueil vous contemple,

Et balance en ses mains la palme et les cypres.

Bellone a prolongé sa scène d'epouvante

Sur la moitié de nos remparts ;

Le fleuve retentit sous la rive sanglante

Du choc affreux des étendards,

Et l'œil noyé de pleurs les Naiades plaintives

N'apportent pour tributs de leurs urnes captives

Que d'informes débris a la cité des arts.

Montreuil, Clichi, Rovroy, Montmartre, Belleville,

Mont-Louis, Saint-Chaumont, Vincennes, Romainville,

Si vos noms n'offrent rien de terrible en mes vers,

S'ils dorment sans honneur sur la carte immobile;

Long-temps a l'étranger vos souvenirs amers

Parleront d'un succes plus dur que cent revers.

Combien de légions sous vos monts entassées?

Germains, que de heros vous coûtent ces combats ?

Chaque instant, par milliers, voit tomber vos soldats;

Vos phalanges, huit fois sous la foudre ecrasées,

Roulent sur le penchant de ces nouveaux Etnas,

Sans avoir pu gravir leurs cimes embrasees [1]

[1] L'action commença a peu près a cinq heures et demie du matin par un feu d'artillerie assez bien nourri Insensiblement la fusillade s'engagea au centre et a la droite, et devint vive et animée de plus

Des sources du Danube à celles du Volga,

Grands peuples qui couvrez l'immensurable espace,

Tribus du Tanais, qu'un ciel impur jeta

  Sur vos monts éternels de glace,

Vous qui de Sibérie endurez les frimas,

Vous Scythes et Baskirs, et vous grossiers Tartares,

Fantômes belliqueux sous cent formes bizarres,

De vos flots renaissans inondez nos etats ;

en plus, particulierement du côte de Belleville, ou se trouvaient nos principales forces, et ou l'ennemi crut aussi devoir porter les siennes Partout les coalises nous opposaient un front de bandiere quintuple du nôtre Nous avions pour nous l'avantage du terrain, mais ils avaient en bataille plus de cent vingt mille hommes, et une reserve de plus de quatre-vingt mille Malgre la superiorite du nombre ils furent long-temps a nous entamer Partout ils furent vigoureusement repousses, et ne purent nous debusquer d'aucune de nos positions qu'apres être revenus plusieurs fois a la charge Notre artillerie leur fit un mal horrible, nos batteries ou se trouvaient les eleves de l'ecole Polytechnique et les Polonais firent une boucherie de l'ennemi le terrain ou etaient postes ceux qui leur etaient opposes etait jonche de morts et de mourans

La perte des alliés, qui fut considerable, l'eût ete bien plus encore sans leurs intelligences avec des agens secrets de l'interieur, qui eurent soin de faire parvenu a la troupe française des cartouches pleines de cendre et des boulets d'un autre calibre que les pieces d'artillerie, et qui laisserent une partie de l'armee manquer de munitions *Histoire de la Regence*, par Lehodey de Saulthchevreuil

Qu'enfin notre sol manque à tant d'essaims barbares

Trente mille Français arrêteront vos pas.

Le fracas de la foudre en vingt endroits expire !

Quoi ! ne reste-t-il plus d'ennemis à détruire ?

O rage ! ô coup fatal ! ô prodige accablant !

Le tonnerre a perdu son bruit et sa puissance ;

Le boulet ralenti, dans son vol chancelant,

Aux pieds de l'étranger va tomber en roulant ;

Avec lui contre nous est-il d'intelligence ?

Est-il las d'obéir aux bras qui l'ont forgé ?

« France, tu nous trahis, ont-ils crié ces braves ,

« Mourons, tes fils un jour sur ton sol ravagé

« Fouleront nos tombeaux d'un pied chargé d'entraves

  « Mais notre sang sera vengé !.

Moins bruyant, plus affreux, commence le carnage

Le glaive est élevé, les dards croisent les dards ;

Mes héros dont ce jour voyait l'apprentissage ,

Debout devant l'airain qui trompa leur courage ,

D'un bras désespéré pressent leurs etendards

La flamme est devant eux ; le fer est sur leurs têtes

Arrêtez, épargnez tant d'illustres malheurs ;

Alexandre, Alexandre, accours sur ces hauteurs ,

Commande à tes guerriers d'éteindre les tempêtes ;

Laisse-nous des enfans pour essuyer nos pleurs !

Quand de nos grands revers Clio peindra l'histoire ,

Ton nom sera pesé dans sa fidele main :

Des vainqueurs dont sa plume obscurcira la gloire

  Tu seras le moins inhumain.

Remenez, vieux soldats , chers à notre mémoire ,

  Ces tonnerres silencieux ;

Ils n'annonceront plus d'un bruit majestueux

  Les beaux jours de notre victoire.

Rentrez, jeunes héros , tout noircis des combats ,

  Volez sur le sein de vos mères ;

Qu'elles baignent de pleurs la poudre de vos bras.

Sparte, offre-nous les traits de tes vertus guerrières !

Que le vieillard s'arrête et vous montre à son fils :

« Ces guerriers, dira-t-il, que ce siècle a vus naître ,

« Vois, leur âge est le tien, aux remparts de Paris ,

« Ils ont déjà bravé le choc des ennemis ,

« Et nous auraient sauvés si nous eussions pu l'être. »

Que n'étais-je en vos rangs, défenseurs généreux !

En frappant comme vous, j'eusse expiré comme eux,

Si de vingt coups le fer eût creusé mon visage.

Toi dont les bienfaisantes mains

D'Epidaure aux blessés portaient les dons divins :

« Jeune homme, aurais-tu dit, glorieuse journée !

« Mourir pour sa patrie et devant ses regards,

« Au sol de ses aïeux, aux pieds de nos remparts,

« Que fut belle ta destinée !

« Amis, laissez-moi sur son sein

« Compter ses coups dignes d'envie.

« Ne pleurez point ses jours et leur rapide fin,

« Donnez vos pleurs à la patrie ;

« La maîtresse du monde a touché son déclin »

Peut-être en ce moment que mon âme ravie

Aux séjours éternels,

Rappelée à ta voix, eût recouvre la vie

En tes bras paternels.

France, du ciel vengé la colere est éteinte ;

Un Français, un Bourbon sera ton souverain.

Il tombe ce héros qui d'un glaive d'airain

Creusa de tes malheurs l'ineffaçable empreinte,

Et croyait a ses pieds enchaîner le destin.

J'ai vu, j'ai parcouru, lorsqu'ils fumaient encore,

Ces champs de nos fureurs que la pitié déplore,

O ravage ! ô douleur ! des cendres, des debris,

Des cristaux, ornemens de nos pompeux lambris,

Des vêtemens, de l'or, depouilles arrosées

Des pleurs qu'en les livrant leur maître avait versées.

Mon oreille attentive aux soupirs des mourans

De loin interrogeait leurs sanglots expirans.

Entoure de soldats, sans appui, sans défense,

J'errais seul, protégé par ma timide enfance ;

Soulevant ces boulets teints du sang des humains,

J'ai pesé le trépas dans mes tremblantes mains ;

Et mon œil a plongé dans le muet cratere

De ces volcans de bronze endormis sur la terre.

J'ai vu nos defenseurs par la mort sillonnés :

Vers l'ennemi leurs fronts étaient encor tournés.

Combien d'eux présentaient, renversés dans la poudre,

Les outrages du fer joints à ceux de la foudre !

De la cime des monts gravis par tant d'effort

Sans peine avec orgueil mon pied tentait l'abord ;

Près d'un rocher, au seuil d'une chaumiere en flamme

Un guerrier de ses jours voyait finir la trame ;

Son corps, d'où s'écoulait un long ruisseau de sang,

Eût surpassé le corps de Goliath ou d'Argant ;

A ses côtés dormait un large cimeterre ,

Un casque sans cimier roulait sur la poussiere.

Tel paraît un lion vers son antre étendu ,

Traversé, mais terrible, et long-temps défendu

Par l'imposant effroi de sa griffe immobile :

J'approche, il prend son glaive; il me voit, plus tranquille:

« Viens, dit-il, jeune enfant, prends pitié de mon deuil,

« Ce chaume m'a vu naître , il sera mon cercueil ;

« De mon sang arrosé , témoin de tant d'alarmes,

« Ce seuil, vingt ans ont fui, fut arrosé des larmes

« Qu'un pere à mon départ versa sur mes malheurs,

« Il m'en souvient, c'était en la saison des fleurs.

« Mon casque a réfléchi les feux de la Nubie ;

« Le nord m'a vu braver les frimas de Russie ;

« Du Nil au Tanaïs ce glaive fut porté ;

« De la foudre vingt ans mon sein fut respecté

« Mon père... ce matin volant à sa défense ,

« J'ai revu ses foyers , mais pleins de son absence

« Ce fer agriculteur, cette luisante faux ,

« Tout y respirait l'air de ses nobles travaux.

« Je combats,... vers ce chaume atteint d'un coup funeste,

« Je me traîne... la flamme en dévorait le reste

« Cherche en ces lieux mon pere, il n'a pu fuir au loin ,

« Remets-lui ce peu d'or dont son âge a besoin ;

« Qu'il serve à relever le toit de mon enfance ;

« Ce fer, mon défenseur, sera ta récompense.

« Peut-être ici demain il portera ses pas ;

« Vers lui les yeux d'un fils ne se tourneront pas.

« Pourras-tu voir, ô France, après trente ans de gloire,

« De ton sol maternel s'exiler la victoire,

« Et le sort en passant renverser le laurier ! »

2

Qu'il etait beau de voir ce superbe guerrier,

Baigné de sang, pleurer, en quittant la lumière,

L'affront de son pays, le desespoir d'un pere !

A ses nobles douleurs je mêlai mes sanglots.

« O mon pere ! ô patrie !... » il expire a ces mots...

Des bivacs petillaient les flammes infideles ;

L'air éclatait parfois du cri des sentinelles ;

Je partis, et quittant ces champs de morts couverts,

Je leur donnai des pleurs et leur promis ces vers.

Deuxième Lacédémonienne.

* On ecrit *Rhigas*, et l'on prononce *Rhiga*

Deuxième Lacédémonienne.

LE TOMBEAU DE RHIGAS[*],

OU

LE BERCEAU DE LA RÉVOLUTION GRECQUE.

> Tyrtæusque mares animos in martia bella
> Versibus exacuit
>
> Hor. *Ars poetica*
>
> Ἕως πότε παλικάρια,
> Ἐς τὰ ὀρη᾽, στὰ βουνὰ.
> Rhigas, *Odes*

Fatal présent des Dieux! redoutable génie!

Faudra-t-il donc toujours que par d'affreux revers

    Un grand homme, un héros expie

Le crime sans pardon d'éclairer sa patrie;

Qu'il tombe sous le glaive, ou soit chargé de fers!

Frappez, tyrans, frappez leurs têtes illustrées :

Vos coups sont impuissans, leurs veilles sont sacrées,

Leur sang fécondera ces immortels écrits

Dont le peuple altéré va dévorer les fruits.

Tremblez ; en les frappant vous leur donnez la vie :

Fatal présent des Dieux ! redoutable génie !

Ma belle France a vu, dans des jours désastreux,

Ses fils, contre elle armés, se déchirer entre eux.

A leurs yeux, un fantôme apparaissant en rêve,

L'aveugle liberté faisait briller son glaive,

Et tranchait au hasard, en ses noires fureurs,

Ses pâles ennemis, ses hardis défenseurs.

Comme on voit dans les cieux passer un météore,

Sur leur trône les rois ne faisaient que s'asseoir;

Les sacrificateurs, le bras nu des l'aurore,

    Etaient les victimes du soir.

Les rangs sont confondus; le pâtre, le ministre,

Ensemble sont inscrits sur le sanglant registre.

De farouches licteurs le poete escorté

Aux pieds de l'échafaud essaie encor sa lyre :

Il tombe... Un dernier vers, né d'un sombre délire,

Court s'éteindre avec lui dans la tombe emporté.

Le destin à ses pieds brise en eclats son urne ;

Il ordonne au chaos de gouverner les temps.

La patrie au cercueil, sourde aux gémissemens,

Pour les perdre avec soi, comme l'affreux Saturne,

     Dévore ses propres enfans.

O Chénier, Mirabeau, Condorcet, d'Eglantine,

Vous expirez, frappés dans la lutte intestine !

Partout la foudre gronde, et nos soldats épars,

Déchirés par le fer, usés par la famine,

Trouvent un sort plus doux dans les horreurs de Mars.

L'orage croît encor, le sol tremble... un tonnerre

Murmure, éclate et tombe,... il laisse sur la terre

Un héros qui, depuis, d'eclairs environné,

Ebranla d'un regard l'univers prosterné.

Il marche,... par l'effroi sa volonté s'explique,

Sur ses faisceaux brisés croûle la république :

Une paix belliqueuse enchaîne les esprits ;

Des combats remportés les combats sont le prix.

De carnage altere, ce foudre, dans sa course,

Des générations prêt d'épuiser la source,

    Vient s'engloutir dans nos débris !

. . .   .

De nos divisions le volcan fume encore,

Qu'un rapide incendie embrase le Bosphore.

Du haut de leurs rochers, les Grecs de toutes parts

Ont appelé vers eux la lumiere et les arts.

Les arts sont accourus sur leur antique plage,

Ils out des demi-dieux reconnu l'héritage.

On dit que, tressaillant et de verve et d'amour,

    Le vieux chantre de Méonie

Retrouva des concerts la céleste harmonie,

Et d'un hymne divin salua leur retour.

Athènes, pour tes fils, vois-tu de cent écoles

Dans tes murs relevés s'arrondir les coupoles?

Tes splendeurs vont renaître,... écoute:... c'est Platon

Ressuscitant les lois dans ton Académie;

Aristote au Lycée, au Portique Zénon,

Répandent les flots d'or de leur philosophie.

Soudain, d'un saint zèle animé,

Un poete de Thessalie

Sous le beau ciel de France aux grands exploits formé,

Rhigas par ses accens transporte sa patrie;

De Thyrtée imitant les sublimes accords,

Il appelle aux combats la Grèce enorgueillie,

Et la voix du clairon retentit sur ses bords.

Vesper, avec lenteur mesurant sa carrière,

Des cieux plus recueillis voyait fuir la lumière.

Des nuages sans ordre erraient vers l'orient,

Tandis que vers le nord un spectacle imposant

Montrait en longs reflets resplendissans sur l'onde

Les rayons du soleil prêts à quitter le monde.

Sous les flots empourprés son char est descendu;

De Diane aux mortels le silence est rendu:

A travers des débris que la rouille des âges.

A depuis trois mille ans frappé de ses outrages,

Voilant le tendre éclat de son front argenté,

Diane au loin versait sa timide clarté.

Comme une jeune amante, errante, solitaire,

Elle semblait alors jeter avec mystere

Sur la sphere paisible un regard plein d'amour :

Ce n'était point la nuit, mais l'absence du jour.

Rhigas se rend aux lieux ou de sa source antique

Le Mélès voit jaillir son onde poétique,

Et près de l'antre obscur où, dans de saints transports,

Homere d'Apollon redisait les accords.

Là, debout, au milieu des plus braves Hellènes

Sur ses pas accourus des campagnes d'Athenes,

Rhigas du peuple avide admirant le concours,

Par la gloire inspiré prononce ce discours :

Jusques a quand, nobles Hellenes,

Verrez-vous d'infâmes tyrans

Ecraser du poids de leurs chaînes

Vos fils dans la poudre expirans ?

Quoi ! pour des hordes inhumaines

Vous irez défricher les plaines

Ou regne encor le Parthenon !

Et sur la tombe d'Alexandre

Succomberont, sans se défendre,

Les descendans d'Agamemnon !

Bellone a chassé Polymnie

Loin de nos portiques déserts.

Une sombre monotonie

Enchaîne nos pieux concerts.

D'Ismael le soldat farouche

Par les cris impurs de sa bouche

Insulte a nos solennités ;

Et la vierge aux autels ravie

Se debat et roule sans vie

Sur nos parvis ensanglantés !

Braves montagnards du Taygete,

Du Pinde habitans indomptés,

Vous, dont le Parnasse répete

Les airs pleins de vos libertes,

Descendez de vos bois antiques,

Sortez de vos chaumes rustiques,

Le fer des combats vous attend :
Endurcis à fendre les chênes,
Courez conquérir dans nos plaines
Un triomphe plus éclatant.

La Seine, avec effroi naguères,
A vu, par la rage emportés,
Des Français, du sang de leurs frères
Teindre ses flots épouvantés ;
Mais nous, notre cause est sublime :
Sous notre étendart légitime
Écrasons de vils Musulmans ;
Et que, chassés de leurs décombres,
Ils errent, ainsi que des ombres,
Sans patrie et sans monumens.

Entendez-vous sous ces rivages
Mugir des mânes en courroux ?
Secouant la poudre des âges,
Ils viennent diriger vos coups.

Volez au milieu des batailles,

Multipliez les funérailles

Sur les pas de Léonidas;

Tombez en laissant la victoire:

Vous vivrez assez pour la gloire,

C'est la mort d'Epaminondas!

Heureux les guerriers magnanimes

Dont le sang, à longs flots verse,

Scellera sur mille victimes

Du Très-Haut l'autel redressé!

Leur gloire emplira nos annales;

Parmi nos pages triomphales

Brillera l'éclat de leur nom.

Les fiers conquérans d'un autre âge

Viendront contempler leur image

Sur les bronzes de Marathon!

Tout Hellene a frémi; l'éclair est moins rapide

Que le feu qui s'allume en son âme intrépide

Sur mille bras porté, pressé de toutes parts,

Rhigas de Ténédos aborde les remparts :

On admire, on contemple, on éleve, on couronne

Ce front par qui le Styx en leurs veines bouillonne.

Tels les Romains offraient au général vainqueur

Leurs bras poudreux changes en char triomphateur;

Ou reportaient chez lui, des bancs de la tribune,

L'orateur épuisé pour la cause commune.

Guerre ! guerre implacable aux tyrans inhumains !

Est le serment sacré qu'on dépose en ses mains.

Ses chants, ou vient gémir la liberté flétrie,

Comme un torrent sans digue, inondent sa patrie.

Tout s'agite : l'airain en casques s'arrondit;

Sous les coups du marteau l'enclume retentit;

Le soc se change en dards, les lances menaçantes

Petillent aux brasiers des fournaises ardentes :

On est armé... Rhigas sur un sol étranger

Fuit la fureur des Turcs ardente a se venger

Vains efforts ! son génie a mérité la tombe;

Sous le tranchant du fer son front s'incline et tombe ! ..

Soudain la guerre éclate, on charge avec vigueur,

On se mêle, on combat, on cede, on est vainqueur.

Rhigas, Rhigas n'est plus; mais, chers à leur mémoire,

Ses chants parlent aux Grecs et fixent la victoire.

La liberté triomphe à la voix de son sang;

La lyre du poete a brisé le croissant!...

Fatal présent des Dieux! redoutable genie!

Faudra-t-il donc toujours que par d'affreux revers

     Un grand homme, un héros expie

Le crime sans pardon d'éclairer sa patrie!

Qu'il tombe sous le glaive ou soit chargé de fers!

Frappez, tyrans, frappez leurs têtes illustrées.

Vos coups sont impuissans, leurs veilles sont sacrées,

Leur sang fecondera ces immortels écrits

Dont le peuple altéré va dévorer les fruits.

Tremblez, en les frappant vous leur donnez la vie;

Fatal présent des Dieux! redoutable génie!

Troisième Lacédémonienne.

Troisième Lacédémonienne.

MASSACRE
DES PRÊTRES GRECS

A CONSTANTINOPLE

Horresco referens !
Virgil. *Æneid* lib 2

Vous qui, dans les hauteurs de l'immortalité,

Partagez les tresors de la sainte cité,

Bienheureux séraphins, vous glorieux archanges,

Nes d'un regard de Dieu, chœur des saints et des anges,

Dans vos celestes mains prenez les harpes d'or,

Le doux psaltérion, l'harmonieux cinnor;

De vos chants pleins d'amour que les airs retentissent,

Que de vos chastes sœurs les douces voix gémissent

Intrépides martyrs, dont les flancs entr'ouverts

Proclamaient l'Eternel aux yeux de l'univers,

De son trône immobile assis sur l'empyrée,

Des festons solennels enrichissez l'entrée;

Que le rubis se mêle au feu des diamans,

Faites fumer le cedre et la myrrhe et l'encens,

A son autel sacré suspendez les offrandes,

Hâtez-vous de tresser d'immortelles guirlandes;

Que de toute leur pompe etincellent les cieux,

Vos freres, des martyrs vont paraître a vos yeux!

Dieu puissant, pour ta gloire, au sein des funerailles

Rome au fer des bourreaux a livré ses entrailles.

N'était-ce point assez qu'un farouche Adrien,

Domitien, Neron, Trajan, Maximien,

Par de vils proconsuls aient désolé tes temples?

Nos jours devaient-ils voir d'aussi cruels exemples?

Ces spectacles d'horreurs, de Clio réprouves,

A des temps d'ignorance ils étaient réservés,

Le fanatisme, aux cieux levant ses mains sanglantes ,

Pour exécrable encens offre nos chairs fumantes.

Le fer d'un roi chrétien n'osera-t-il jamais

L'exterminer du sol où son bras regne en paix?

Il est vers l'Orient une plage fleurie,

Une plage autrefois de la gloire cherie ;

La douceur du climat, les aspects enchanteurs,

Des Turcs, ses habitans, n'ont pu fléchir les mœurs

Ils vivent par le fer, leur farouche licence

Des arts intimidés entretient le silence

De là, la barbarie et la férocité,

Monstres couverts de sang, désolent leur cité

Des chrétiens, qu'opprimait leur stupide arrogance,

Courbés dans la poussière expiraient sans défense,

Ces esclaves sacrés, ces enfans du Seigneur

Brûlaient de voir briller son front libérateur.

Il apparaît enfin : entouré d'une nue

Son trône eblouissant n'éclate qu'a leur vue.

Telle aux yeux d'Israel franchissant les déserts

La colonne de feu rayonnait dans les airs.

Le grand roi des chrétiens du haut de sa puissance

Abaisse sur son peuple un regard de clémence,

Promet à son courage un invincible appui,

Et pour gage immortel suspend son bras sur lui.

Fort du soutien des cieux, plus fort de sa vaillance,

Le Grec, d'un vol hardi, dans l'avenir s'élance :

Ses membres épuisés, par les chaînes meurtris

Sous l'acier des combats revivent aguerris.

On s'assemble, on écoute, au milieu des ruines,

L'éloquent entretien de leurs splendeurs divines,

L'air des grands souvenirs allume dans les cœurs

De la soif des hauts faits les sublimes ardeurs;

On croit voir dans le cours des nuits silencieuses

Errer, le glaive en main, des ombres glorieuses,

Et, parmi les débris d'antiques monumens,

Tressaillir des héros les sacrés ossemens

Aux premiers bruits de guerre éveillant leurs alarmes,

Retranchés dans leurs forts, les Turcs ont pris les armes.

Dans la mosquée armés, armés sur les chemins,

Sous leurs toits, en tous lieux, le fer brille en leurs mains.

Les chrétiens, de l'orage effrayantes victimes,

Au nom de Mahomet sont égorgés sans crimes.

Echappe-t-il des Grecs aux fureurs des soldats,

Cent fois plus redoutable, attachée à leurs pas,

La justice dans l'ombre à la mort les entraîne,

Et la tombe éplorée entend crier leur chaîne.

Le prince, a son palais dans la nuit arraché,

Du faîte des grandeurs au supplice a marché.

Les ministres des fers pressent leurs mains tremblantes,

Passant du gouvernail aux entraves pesantes.

Tant de sang qui s'immole à cet excès d'horreurs

A d'Israel enfin assouvi les fureurs?

Mais non, restaient encor ces vieillards vénérables,

Sous un ciel de forfaits mortels irréprochables;

Ces prêtres dont le front rayonnant de vertus

A la hache implacable est un titre de plus.

Appesanti par l'âge, à leur tête s'avance

Le patriarche saint qu'a blanchi l'abstinence :

De quatre-vingts hivers la longue piété,

De ses mœurs sans éclat la pure austérité,

Tout l'admettait au rang des saints de l'empyrée,

Dont il était déja l'image révérée.

Fuis, malheureux vieillard, en paix sous d'autres cieux!

Ravis tes cheveux blancs à ces bras furieux!

Quand un Dieu sur la croix meurt pour son peuple impie

Ministre de ce Dieu, sauvera-t-il sa vie?

Son troupeau, ses enfans implorent ses secours;

Va-t-il aux coups du glaive abandonner leurs jours?

« Non, dit-il, de mes ans le flambeau va s'éteindre;

« J'en méprise le reste et n'ai plus rien à craindre.

A quoi, noble vieillard, te sert d'avoir trois fois

Du sultan méconnu fait respecter les lois,

Et ramené naguere à son obéissance

D'un peuple révolté la fougueuse licence?

De tels bienfaits pesaient sur le cœur du sultan;

Tu devais en victime être offert au divan.

Comment justifier devant l'Europe entiere

D'un sacrilége affreux l'infamante lumiere?

Du prince Mourouzi la tête avait roulé;

La flamme dévorait son palais écroulé;

Sa famille captive est gardée en otage,

Pour répondre au turban des succes du Pélasge.

Quel gardien tremblera sous ce dangereux poids?

Le pontife est celui que désigne le choix.

Le vieillard ignorait la sombre défiance,

Et de l'humanité la perfide apparence

Lui fit goûter l'espoir, bonheur des cœurs bien nés,

D'adoucir les tourmens de ces infortunes.

Quand la longue prière occupait son silence,

Il laissait sur leurs fronts flotter sa vigilance.

Un navire en secret sur la côte a mouille;

Déjà, la voile aux vents, il flotte appareillé,

Les adieux des captifs ont salué la rive,

Et la rame a gémi sous la vague plaintive.

Instruit de leur départ, « C'en est fait de mon sort,

Dit le calme pontife, allons chercher la mort. »

Du palais du visir il franchit le portique,

Il entre... Le visir d'une voix frénétique :

« Qu'as-tu fait des proscrits? retire-toi, pervers;

« C'est toi qui de tes mains as delié leurs fers. »

L'infortuné vieillard en ce moment suprême

Voit briller des martyrs le sanglant diademe.

Il retourne a pas lents vers sa demeure en deuil,

Et sans effroi s'apprête aux crises du cercueil.

Au sein des Musulmans nourri des son enfance,

Il ne s'abusait point sur leur noire vengeance.

Pouvait-il entrevoir les supplices nouveaux

Qu'en leur rage feconde inventaient les bourreaux ?

C'était le lendemain que la pieuse enceinte

Voyait, courbes en foule au pied de la croix sainte,

Les chretiens adorer le reveil immortel,

Le grand réveil de mort du fils de l'Eternel.

En ces solennités, c'est un usage antique :

Le pontife au Tres-Haut porte le saint cantique.

Dans le temple se rend l'humble vieillard... helas !

Quelques Grecs le pleuraient, mais ne l'attendaient pas.

Un froid recueillement, que n'a point la priere,

Sembla pour un instant remplir le sanctuaire.

L'airain religieux dans la nef retentit ;

Dieu descend sur l'autel que sa gloire investit ;

La main de la ferveur vient effacer les larmes;

L'être élancé vers Dieu ne sent plus ses alarmes.

Ces vases éclatans, ce mystique soleil,

Des longs vêtemens d'or le pompeux appareil,

La clarté des flambeaux à leurs feux réunie,

Des chants majestueux la celeste harmonie,

Et les flots embaumés d'un precieux encens,

Tout rappelait au cœur de moins douloureux temps.

Les concerts ont cessé, sous la voûte sonore

Leur murmure affaibli monte et fremit encore.

L'encensoir a la main, les levites sacres

De l'autel recueilli descendent les degrés

Entouré des prélats dont la foule en silence,

Dans un ordre pieux, vers la porte s'avance,

Le pontife, les bras saintement imposes,

Bénissait les chrétiens autour de lui pressés

Tout à coup des clameurs, des accens fanatiques

Du temple epouvanté font mugir les portiques :

« Où sont-ils ces chrétiens abhorres du croissant?

« Leur troupeau dans ces murs courbe un front pâlissant

« Sous d'odieux prélats, qui, soufflant le carnage, ,

« Au meurtre des emirs aiguillonnent leur rage.

« Forçons le temple, entrons; sous nos bras assouvis

« Que le sang à ruisseaux regorge en ces parvis. »

Les monstres à ces mots s'elancent sur la porte,

Le saint pavé frémit sous leur fougueuse escorte.

L'illustre patriarche, avec la dignité

Que la noble vertu prête à l'adversité,

Décoré de sa pompe, à leurs yeux se présente,

Calme et sans s'étonner de leur rage insultante.

Le peuple entier frémit, les prêtres, les prélats

Sont saisis, enchaînés, traînes par des soldats.

Le pontife, au milieu d'assassins immobiles,

Comprime d'un coup d'œil leurs courages serviles.

Leur chef même un instant, a ce sublime aspect,

Sent son cœur malgré lui se glacer de respect

Ce front qui du Tres-Haut a reflété l'image,

Ce regard imposant, cet auguste visage,

Cette barbe tombante à longs flots éclatans,

Vieux témoin des vertus plus encor que des ans,

Tout semblait d'un rayon échappé du ciel même

Couvrir de l'Eternel le ministre suprême.

« Ce bras, dit-il, ces yeux, ce fer, pour quel dessein ?

« Est-ce moi, mes enfans ? frappez, voila mon sein. »

Interdits, les bourreaux, qu'un saint effroi surmonte,

N'osent lever sur lui leurs yeux chargés de honte

De leur trouble étonnés, ils tombent a genoux;

Quel pouvoir à ses pieds enchaîne leur courroux ?

Seul debout, il semblait vainqueur de ces rebelles,

Ramener à leur foi de pauvres infideles

Inutile ascendant, triomphe passager

Des vertus que leur cœur ne saurait partager !

Le premier se releve, et d'une voix terrible ·

« Lâches, le voila donc ce courage inflexible !

« Vous tremblez ! sont-ce la les ordres du visir ?

« Retarder sa vengeance est lui désobéir. »

Leur front d'un feu sinistre aussitôt se colore,

Ils osent approcher, ils reculent encore...

O honte ! ô sacrilége ! ô monstres inhumains !

Sur l'homme du Seigneur ils ont porté les mains !

Loin de moi ce tableau : ces apprêts, ces épées

Dans le sein d'un vieillard avec fureur trempées,

Ce long câble qui flotte au portail suspendu,

Sur le marbre glacé le pontife etendu !

Arrêtez, criminels... Grand Dieu ! lance ta foudre,

Tonne, éclate, réduis ces barbares en poudre !

Où fuyez-vous, chretiens, a pas precipités ?

De ce spectacle affreux vos cœurs sont révoltes,

Le sang du patriarche est prêt a se répandre,

Courez, sauvez ses jours, mourez pour les defendre

Ciel, c'en est fait ! j'ai vu la lueur des poignards,

Des lambeaux degouttans a la pointe des dards,

Les saints vêtemens d'or dechires sur la pierre,

Profanes, tout souilles de fange et de poussiere

J'entends des cris de mort, de féroces clameurs,

Le crime applaudissant a ses noires fureurs.

L'outrage suit l'outrage, et d'un long sacrifice

La corde fletrissante est le dernier supplice !

Quand ses flancs se glaçaient sous le froid des couteaux,

Le celeste vieillard priait pour ses bourreaux,

Et, d'un dernier soupir présentant la souffrance,

Pour eux de l'Eternel implorait la clémence...

. . . .

. . . .

. . . .

. . . .

Quoi! des Grecs, des chrétiens le jour le plus sacré

Voit leur pontife auguste a leurs pieds massacre!

Sur le parvis du temple où ses chants pacifiques

Venaient d'offrir à Dieu les sublimes cantiques!

Peuple affreux du croissant à l'univers fatal,

Quel monde en cruautés fut jamais ton egal?

Le noir demon du crime, en cent formes nouvelles,

A servir tes fureurs a fatigué ses ailes.

Les prêtres, expires dans les mêmes tourmens,

Ont de leur piété subi les châtimens.

C'est peu d'un tel trépas : l'insulte revoltante

Poursuit encor long-temps leur depouille fumante.

Leurs corps, ainsi que ceux des plus vils criminels,

Trois jours glacent d'effroi les regards des mortels.

Qu'entends-je ? les transports d'une infernale joie ;

Sont-ce d'impurs vautours qui réclament leur proie ?

Non, je vois du visir les farouches soldats

Qui d'un bras furieux, fécond en attentats ,

Traînent dans des ruisseaux pleins d'une fange immonde

Les defenseurs sacrés des croyances du monde¹

Ce qu'ont de plus affreux la profanation,

L'exces, l'impiété, l'abomination ,

Le delire, la rage et le froid sacrilege

Composent l'appareil de ce hideux cortége.

De tant d'horreurs sans nom le soleil irrité

D'un nuage de pourpre entoure sa clarté.

Un silence effrayant regne sur leur passage ;

Il n'est interrompu qu'aux clameurs de l'outrage ;

On arrive à la mer... le rivage frémit,

Et le flot tout sanglant se retire et gemit

Elégies.

Le Chien de l'Aveugle.

L'été des feux du jour n'embrasait plus la terre ;
 Mais l'impétueux Aquilon
N'essayait point encor sa naissante colere
 Sur la pâle fleur du vallon.
Du bosquet s'effeuillant l'ombre était moins discrète,
 Le bonheur moins mystérieux,
Mais d'un ami plus cher, quand son départ s'apprête,
 Son deuil nous peignait les adieux.
Vers ce bois renommé, dont l'épaisseur protége
 L'amour et le sanglant honneur,
De ses cheveux blanchis laissant flotter la neige,
 L'aveugle chantait son malheur.
Un luth demi-détruit de sa lente prière
 Suivait le monotone accent,
Et devant lui son chien, dressé par la misère,

Offroit la sebile au passant

Le bruit lointain d'un char, qu'emporte avec vitesse

Le vol d'un coursier orgueilleux,

Siffle, passe et s'eloigne... un cri part.. le chant cesse,

Succedent vingt cris douloureux

Combien, pauvre vieillard, tu vas sentir la peine !

Quel guide éclairera tes pas ?

Le chien ensanglante s'agite sur l'arene;

L'aveugle étend vers lui les bras,

Il cherche à le saisir d'une main incertaine.

Le chien se leve avec effort,

Jusqu'aux pieds qu'il flatta, docile encor, se traîne,

Et se debat contre la mort.

A ses cris déchirans ceux du pauvre répondent,

Helas ! il ne peut voir ses coups.

Aux flots d'un sang glace ses larmes se confondent,

Il le presse sur ses genoux.

Loin des maux qu'il produit, le char de l'insolence

Fait voler un couple amoureux

Egoisme cruel ! farouche indifférence !

Ils n'ont point détourne les yeux !

Le vieillard isolé de l'infortune amere

Bientôt ressentit tout le poids.

Trois fois il appela l'espoir de sa misere

L'animal fut sourd a sa voix.

« Seul ami que n'ait point exilé ma detresse,

« Quels pleurs ne t'offrirais-je pas !

« C'est toi qui detournais ma tremblante vieillesse

« Des écueils dresses sous mes pas

« Tu devais, de mes jours quand la mort bienfaisante

« Aurait brisé l'affreux lien,

« Suivre seul au tombeau ma cendre indifférente ;

« Et moi, je vais cieuser le tien.

« Le cruel! puisse-t-il en un detour rapide

« Briser son char impétueux !

« Que son coursier, rebelle à la main qui le guide,

« Le disperse en éclat poudreux !

« Que la fortune (ô ciel ! souvenir déplorable !)

« Lui prepare un sombre avenir !

« Qu'a cette place un jour la perfide l'accable

« Des tourmens qu'il me fait souffrir !

« Je m'égare... au malheur ne sied point cette audace.

« Que les fleurs couronnent ses jours,

« Que des cieux en mourant il contemple la face,

« Qu'il succombe avant ses amours. »

Un guerrier mutilé, vieux débris de nos armes,

Pleurait arrêté devant lui.

Pauvre, au malheur au moins ses yeux donnaient des larmes

Son bras est offert pour appui.

« Non ; ce bâton, dit l'autre, est désormais mon guide. »

Avant le retour des frimas,

L'aurore vit parfois sur l'herbe encore humide

Le vieillard hasarder ses pas ;

Mais, aux zéphyrs nouveaux, le chêne solitaire,

Troublé par le chant des ramiers,

N'entendit plus gémir l'accent de la priere

Sous ses rameaux hospitaliers.

La Colombe et les deux Pigeons.

Dans un bosquet où des zéphyrs

Seule régnait la douce haleine,

Des ramiers l'idole et la reine

Coulait de fortunés loisirs.

C'était une jeune colombe,

Prodige éclatant de beauté,

Le duvet qui voltige et tombe

Egalait sa légèrete.

Iris avait sur son plumage,

Plus doux que le satin des fleurs,

A l'azur sombre d'un nuage

Melangé ses riches couleurs.

Son aile, où rayonnait l'albâtre,

Se courbait en cercle moelleux;

Les grâces du cygne folâtre

Dessinaient son col onduleux

Son port etait plein de noblesse,

Dans ses contours voluptueux

Respirait la molle souplesse;

Le plaisir allumait ses yeux.

Quand, aux cieux planant immobile,

Elle offrait aux feux du matin

De son corps le luxe argentin,

Ou balançait son vol agile;

C'etait l'escaboucle d'Ophir,

Ou plutôt la blanche eglantine,

Qu'enlève et dans les airs lutine

L'aile invisible du zephyr.

Mais, quand de l'onde transparente

Son bec effleurait le cristal,

Ou des gouttes du flot lustral

Lissait sa plume etincelante,

Tout seduisait dans ce tableau,

Les ramiers disputaient pres d'elle

Le duvet tombe de son aile

Flottant dans le cours du ruisseau

Aux soins d'un ramier du bocage

L'amour jaloux n'eut rien d'égal :

Une feuille, une ombre volage,

Tout lui présentoit un rival.

Il avait à l'œil d'une mere

Ravi cette innocente fleur,

Et par les leçons du mystere

Hâté le réveil de son cœur.

En elle il versait l'existence,

A son cœur il donnait le jour

Car à l'amour l'être commence,

Ou plutôt l'etre, c'est l'amour

Non loin d'eux pleurant son veuvage,

Un ramier, l'honneur des bosquets,

Fuyait les plaisirs du feuillage;

Son asile etait un cypres.

Empreint d'une grâce inconnue

Qui séduit mieux que la beauté,

Son air à la noble fierté

Joignait la candeur ingénue.

Moins doux étaient que ses discours

Les dons savoureux de l'abeille;

Nul bruit importun sous la treille

Jamais n'interrompit leur cours.

A sa voix l'amante légere

Suspendait l'ouvrage des nids;

Et l'on vit souvent des petits

Languir de l'oubli d'une mere.

Car nul ne savait mieux que lui

Célébrer la blanche colombe,

L'oiseau guerrier qui frappe et tombe

Des siens le vengeur et l'appui.

Seul il aimait sur le rivage

S'inspirer au calme des eaux;

C'était l'Homere du bocage,

Ou l'Anacréon des oiseaux.

Des ramiers un jour la volee,

Par mille chants pleins de douceurs,

De l'hymen d'une de leurs sœurs

Faisait éclater la feuillée.

Des concerts le bruit enchanteur

L'entraîne à la forêt voisine;

Il frémit d'un trouble vainqueur...

Il voit la colombe divine

Sur tant d'attraits voluptueux

Son regard brûlant se repose;

Il croit qu'une amante à ses yeux

Renaît d'une métamorphose.

Elle avait ses traits, sa beauté,

Mêmes charmes dans son ramage,

Le coloris de son plumage,

Son élégante agilité.

Partout il ne voyait plus qu'elle,

Suivant partout son vol discret

Du souffle embaumé de son aile,

Le feu du désir l'enivrait.

De ses chants la noble harmonie

S'embellissait de son ardeur;

Amour, quand tu nais dans un cœur,

Dis-moi, n'es-tu pas le génie?

Elle brillait de tant d'attraits!

Des colombes la moins volage

Avait cent charmes que je tais,

Je n'ai qu'effleuré son image.

Il eût pu ravir ce tresor,

On l'aimait; il était sincere,

Timide, il régnait mieux encor

L'art de regner, c'est l'art de plaire

Mais, fidele au jaloux ramier,

Des vœux elle ecartait l'audace,

Il etait chéri le premier,

Ce souvenir... rien ne l'efface.

Digne du plus etroit lien,

L'autre n'obtint que la tendresse.

Helas! d'une belle maîtresse

L'amitié seule... ce n'est rien.

Lors, se rappelant sa colombe,

Il rouvrit son cœur aux regrets :

Il revint sous le noir cypres,

Qu'il ne quitta que pour la tombe.

« Tu nous fuis, dirent ses amis,

« Revole au bosquet qui t'appelle.

« — Elle est là, mon cœur a promis

« De ne plus me separer d'elle

« — Vers toi ton amie avec nous

« Viendra demain; souris encore

« Aux feux d'un hymen aussi doux

« — Demain, ah ! venez des l'aurore. »

L'aube a peine a blanchi les airs,

Un vol a froisse le feuillage ·

« Paix, ramiers, pres des saules verts,

« Il repose sous cet ombrage »

La colombe, trois jours apres,

Du bosquet fuyait isolee,

Elle vole au pied du cyprès,

Elle écoute... et meurt consolée.

Le deuil attrista ces beaux lieux;

Les Amours au loin s'exilèrent;

Sous les rameaux silencieux

Les chants pour jamais s'arrêtèrent.

PARIS — DE L'IMPRIMERIE DE RIGNOUX,
rue des Francs-Bourgeois-S -Michel, n° 8